KV-513-240

I Graiglwyd 1974-2006

DERBYNIWYD/ RECEIVED	
CONWY	
GWYNEDD	✓
MÔN	
COD POST/POST CODE	LL5 1AS

3049144 4

Cyhoeddwyd yn 2008 gan
Wasg Gomer, Llandysul, Ceredigion SA44 4JL
www.gomer.co.uk

ISBN 978 1 84323 800 3

ⓑ Jac Jones, 2008 ©

Cedwir pob hawl. Ni chaniateir atgynhyrchu unrhyw ran o'r cyhoeddiad hwn
na'i gadw mewn cyfundrefn adferadwy na'i drosglwyddo mewn unrhyw ddull
na thrwy unrhyw gyfrwng, electronig, electrostatig, tâp magnetig, mecanyddol,
ffotogopïo, recordio nac fel arall, heb ganiatâd ymlaen llaw gan y cyhoeddwyr.

Dymuna'r cyhoeddwyr gydnabod cymorth
Cyngor Llyfrau Cymru.

Argraffwyd a rhwymwyd yng Nghymru
gan Wasg Gomer, Llandysul, Ceredigion SA44 4JL

Symud, Sam!

JAC JONES

Gomer

Roedd Gruff yn byw mewn pentref bach yng nghanol Cymru gyda Mam a Dad a Gwennan.

Roedd Sam yn byw yno hefyd, yn ei gartref bach ei hun.

Syniad Sam o sbri oedd chwarae ffeindio'r ffon.

Roedd wrth ei fodd yn tyrchu tyllau dwfn.

Sbort Sam oedd cyfarth a chwalu cathod.

Roedd yn mwynhau morio mewn mwd.

Beth bynnag a wnâi Sam roedd yn cael ei anwesu.

'Tydi hyn ddim yn deg!' meddai Gruff. 'Dw i
eisiau cael fy anwesu hefyd!'
'Symud, Sam!'

'Ai ci bach wyt ti, Gruff?' holodd Mr Dafis drws nesaf.

'Bow—wow!' oedd ateb Gruff.

'Dyna ddigon o balu yn y blodau!' dwrdiodd Mam.
'Grrr!' chwyrnodd Gruff, y ci drwg.

'Paid â phoeni pws!' gwaeddodd Gwennan wrth i
Gruff ruthro rownd a rownd y riwbob.

'Dyna ddigon o chwarae ffeindio'r ffon,'
meddai Dad.

'Symud, Sam,' meddai Gruff. 'Dw i wedi bod yn gi drwy'r dydd a heb gael fy anwesu gan neb.'

Symudodd Sam yn sionc gan gyfarth ar Gruff
i'w ddilyn.

Llamodd Gruff yn llawen ar ei ôl.

Doedd dim miri gwell i'w gael na morio mewn mwd.

Fedrai Mam, Dad a Gwennan ddim stopio chwerthin.

Sychodd Mam y mwd oddi ar drwyn
Gruff a rhoi cusan iddo.

'Dyma bow–wow bach budr,' meddai Dad
gan anwesu Gruff.

Roedd Gruff yn hapus iawn.
'Cynffon i'w hysgwyd fyddai'n handi', meddyliodd.

Mwy o lyfrau gan Jac Jones

Ble Mae Pawb?
Rhiannon Rowlands
CYFRES BYD LLIWGAR MABON A MABLI

Taid ar Binnau
Meinir Pierce Jones
CYFRES BYD LLIWGAR MABON A MABLI

Betsan a'r bwlis
Jac Jones

Druan o M...
Brenda Wyn Jones
CYFRES BYD LLIWGAR MABON A MABLI

Mymryn O Dric!
Meinir Pierce Jones
CYFRES BYD LLIWGAR MABON A MABLI

Helô,

Creu llyfr hapus oedd fy nod wrth ysgrifennu'r
stori hon. Ro'n i eisiau i chi wenu, hyd yn oed
os nad oeddech chi'n gwenu wrth gydio yn
y llyfr oddi ar y silff.

Wrth gwrs, mae pawb yn cael ambell
ddiwrnod mwy anodd na'i gilydd. Efallai mai
dyna sut roedd Gruff yn teimlo ar ddechrau'r stori. Neu efallai
ei fod yn credu fod pawb arall yn cael mwy o sbort nag ef.
Yn enwedig Sam. Waeth beth mae Sam yn ei wneud, mae'n dal
i gael ei anwesu. Mae'n siŵr y byddai Gruff wrth ei fodd yn
cael tipyn bach o sylw gan rywun.

Dyna pam fod Sam a minnau am i chi gael rhywbeth arbennig i
chi eich hun. Ar y dudalen nesaf mae rhywbeth fydd yn atgoffa
eich teulu a'ch ffrindiau fod pawb yn haeddu sylw weithiau —
hyd yn oed pan fyddwn ni'n camfihafio ychydig bach!

Jac

Fi Fy Hun

Fy enw yw _____

Rwy'n byw yn _____

Fy ffrind gorau yw _____

Rwy'n dda am _____

Rwy'n hapus pan _____

Y peth gorau amdana i yw _____

Tystysgrif

Hyn sydd i dystio fod

_____

yn haeddu

canmoliaeth

am

_____